Dom Quixote

PRÊMIO FNLIJ – ALTAMENTE RECOMENDÁVEL

Título original: *Don Quixote*
Título da edição brasileira: *Dom Quixote*
© Marcia Williams, 1993
Publicado mediante acordo firmado com Walker Books Limited, London, SE11 5HJ

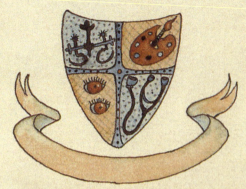

Edição brasileira
Diretor editorial — Fernando Paixão
Coordenadora editorial — Gabriela Dias
Editor assistente — Leandro Sarmatz
Preparador — Renato Potenza
Coordenadora de revisão — Ivany Picasso Batista
Revisora — Cátia de Almeida

ARTE
Editor assistente — Antonio Paulos
Editoração eletrônica — Estúdio O.L.M. e Eduardo Rodrigues

CIP-BRASIL. CATALOGAÇÃO NA FONTE
SINDICATO NACIONAL DOS EDITORES DE LIVROS, RJ

Williams, Marcia, 1945-
Dom Quixote / adaptado e ilustrado por Marcia Williams ; tradução de Luciano Vieira Machado. - São Paulo : Ática, 2004
il. -(Clássicos em Quadrinhos)

Adaptação de: Don Quixote / Cervantes
ISBN 978-85-08-09472-1

1. Cervantes Saavedra, Miguel, 1574-1616 - Adaptações - Histórias em quadrinhos. 2. Cervantes Saavedra, Miguel de, 1574-1616 - Adaptações - Literatura infantojuvenil. I. Cervantes Saavedra, Miguel de, 1574-1616. Don Quixote. II. Machado, Luciano Vieira. III. Título. IV. Série.

04-2419 — CDD 741.5 / CDU 741.5

ISBN 978 85 08 09472-1 (aluno)
ISBN 978 85 08 09473-8 (professor)
Código da obra CL 730787
CAE: 224062 AL
Cód. da OP: 248616

2024
1ª edição
23ª impressão
Impressão e acabamento: Forma Certa Gráfica Digital
Todos os direitos reservados pela Editora Ática S.A., 2005
Avenida das Nações Unidas, 7.221 – Pinheiros
CEP 05425-902 – São Paulo – SP
www.aticascipione.com.br
Tel.: (0xx11) 4003-3061
atendimento@aticascipione.com.br

IMPORTANTE: Ao comprar um livro, você remunera e reconhece o trabalho do autor e o de muitos outros profissionais envolvidos na produção editorial e na comercialização das obras: editores, revisores, diagramadores, ilustradores, gráficos, divulgadores, distribuidores, livreiros, entre outros. Ajude-nos a combater a cópia ilegal! Ela gera desemprego, prejudica a difusão da cultura e encarece os livros que você compra.

Dom Quixote

Apresentado e ilustrado por
Marcia Williams

Tradução
Luciano Vieira Machado

O excêntrico Dom Quixote achou que a estalagem era um castelo

e que seu dono e os viajantes eram finos senhores e damas.

Para eles, Dom Quixote era um louco; ainda assim, deram-lhe boas-vindas,

e o dono concordou em nomeá-lo um cavaleiro "de verdade"

se ele conseguisse velar suas armas até o dia amanhecer.

Quixote pôs as armas sobre um tanque e ficou andando ao redor.

Tudo ia bem até que um tropeiro veio pegar água para suas mulas.

Furioso por ser perturbado, Dom Quixote bateu no homem, que desmaiou,

e pouco depois quebrou a cabeça de outro tropeiro em quatro lugares.

Acordados pelo barulho, os viajantes começaram a jogar pedras nele.

Só que onde Dom Quixote via gigantes, Sancho via moinhos de vento! Quando Quixote avançou sobre eles, o vento começou a soprar. Ele atingiu a pá mais próxima, e ela girou com tanta força que sua lança se quebrou, atirando cavalo e cavaleiro ao chão.

Sancho correu a ajudar o amo, perguntando-se como um cavaleiro famoso podia confundir moinhos com gigantes!

"Um feiticeiro transformou os gigantes em moinhos de vento para roubar a minha glória."

"Minha doce Dulcineia, consertarei minha lança por você."

Eles passaram aquela noite embaixo de umas árvores

"Não preciso tomar café, Sancho — um cavaleiro se alimenta de sonhos. Além disso, vejo mais aventura adiante..."

"Bem, sonhos fazem minha barriga roncar."

e no dia seguinte seguiram viagem, até avistarem

dois monges na estrada, seguidos por uma senhora numa carruagem.

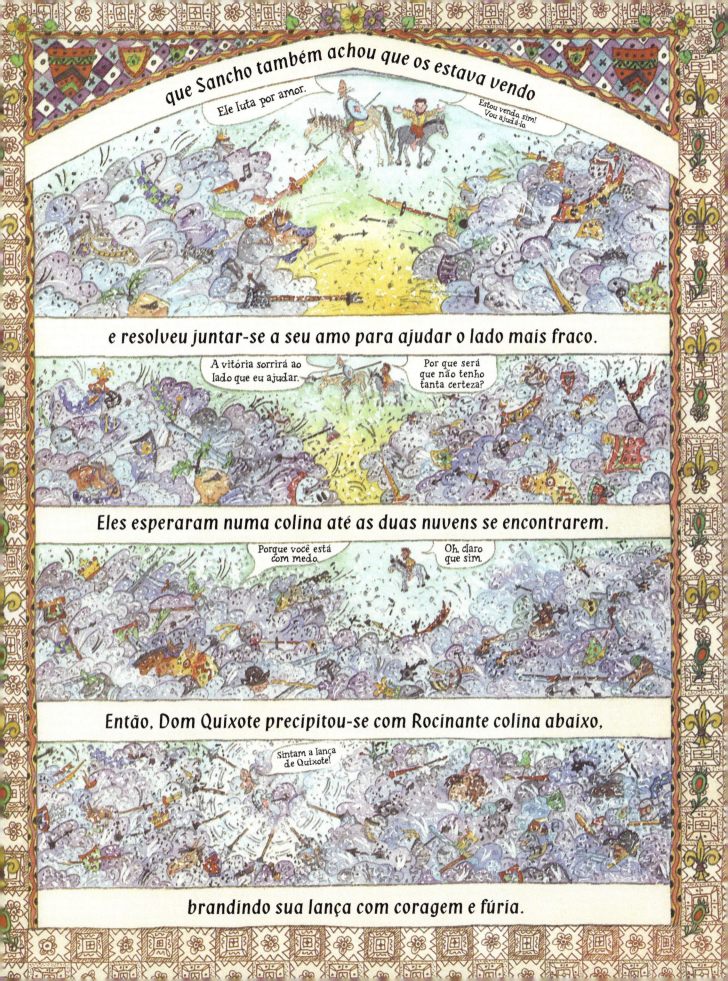

OUTROS TÍTULOS DA COLEÇÃO
PARA VOCÊ LER E SE DIVERTIR

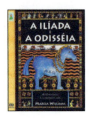

A ILÍADA E A ODISSEIA
A guerra entre gregos e troianos, o combate entre Aquiles e Heitor, o Cavalo de Troia, a perigosa viagem de Ulisses, o pavoroso monstro Cila... Duas emocionantes histórias repletas de heróis e monstros espetaculares!

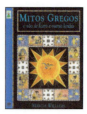

MITOS GREGOS – O VOO DE ÍCARO E OUTRAS LENDAS
Oito histórias clássicas recontadas com humor e sensibilidade. Uma oportunidade imperdível de conhecer toda a riqueza da mitologia grega.

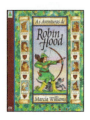

AS AVENTURAS DE ROBIN HOOD
O famoso arqueiro combate as injustiças do inescrupuloso Príncipe João junto com seu alegre bando, roubando dos ricos para dar aos pobres.

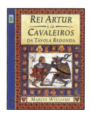

REI ARTUR E OS CAVALEIROS DA TÁVOLA REDONDA
Mago Merlim, fada Morgana, rei Artur, Sir Lancelot e outros bravos Cavaleiros da Távola Redonda em onze emocionantes narrativas.

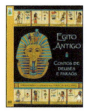

EGITO ANTIGO – CONTOS DE DEUSES E FARAÓS
Repletas de mistério e aventura, as histórias dos faraós e deuses egípcios fascinam a humanidade há milhares de anos. Descubra os mitos e maravilhas de uma das grandes civilizações da Antiguidade.

Obras clássicas da literatura universal adaptadas para os quadrinhos com muito bom humor.